ISBN 978-99959-43-35-6

1. Auflage 2021

Layout & Covergestaltung:
Alexander Mack | www.studiomack.de
Autorenfoto: Lynn Berchem
Druck: CPI books, Leck, Germany

www.capybarabooks.com

Jérôme Jaminet

Ein Wort in Esels Ohr

Aufzeichnungen

CAPYBARABOOKS

Knicke im Alltag

Herbststimmung

Samstagabend. Hocke im Badezimmer am offenen Fenster. Der kühle Oktober haucht mir ins Gesicht. Er riecht nach Elbling und dem schlechten Atem der weinseligen Gäste des Mühlengartens. Von dort dringen auch Stimmengewirr und Gelächter in meine Wohnung. Die Sehnsucht nach Gesellschaft rebelliert gegen die Schwermut. Ich gebe nicht nach.

In nächster Nähe

Nachtrag einer fauligen Allerheiligeneingebung: Im Familiengrab kommt man den Seinen zwangsläufig nahe. Endlich unendlich Zeit füreinander. Da ist man dann ganz gemein gebettet, Gebein an Gebein, in Ruhe und Frieden. Es sei denn, man liegt unter madagassischer Erde und es steht gerade die nächste Totenumbettung an.

Musik des Volkes

Menschenmassen in der Nitteler Weinstraße, keine Parolen, keine fliegenden Gegenstände, stattdessen ausgelassenes Feiern zu ekelerregender Volksmusik. Angst vor Gehörschaden ob des lauten Gedudels. Zu allem Unglück ist der Fluchtweg über die Moselbrücke wegen Bauarbeiten abgeschnitten.

Heiligabendfrage

Das Christkind wird als weiß, blond und blauäugig dargestellt – woran erinnert mich das nur?

Besoffene Hormone

Vorsicht an Silvester vor akuter Perzeptionsinsuffizienz infolge kalendarisch habituellen Hyperkonsums psychotroper liquider Genussmittel! Risiko: Liebe vor dem zweiten Blick.

Kosmorationalismus

Bedämmert taumelnd aus der Tagebuchwelt von Frisch in die von Sloterdijk, gleich wieder weiter, immer weiter, wird mir meine geistige Heimatlosigkeit kopfschmerzlich bewusst. Hie und da halte ich an, halte mich auf, finde mich ein, bis die Befindlichkeit sich an sich stört, bis Depression und Manie sich paaren und ihr Bastard mich beschleicht, nein, bespringt; verwirrt reiße ich mein Nomadenzelt ab, breche auf zu neuen Verirrungen. Aufmerksamkeitsstörung als Aufenthaltsstörung.

O sole mio

Wie die Ameisen beim Gedanken an die Wonnen unserer schweißtrunkenen Nächte auf meinen Fingerkuppen tanzen! Es drängt mich, die Erlebnisse in Sprache zu kleiden. Aber so sehr der Geist auch reisen mag, Sprachwälder durchforstend nach würdigen Wortstämmen, am Ende holt der Körper ihn kraftvoll ein und lässt mich nachempfinden, unvollkommen, was in Zweisamkeit seinen höchsten Punkt erreicht.

Denksport mit Roger Willemsen

Vielleicht pflege ich mit dem geistigen Nachvollzug zweidrittelintellektueller Vorträge eine abnorme Form der Erholung, jedoch: Mich entspannen solche Hirnsprints mit (oder gegen?) Feinsprecher und -denker wie Roger Willemsen ungemein. Den mediokren bis vulgären Alltag, der mich zu einem Dauerlauf in Buckelhaltung nötigt, empfinde ich als vergleichsweise anstrengend und schmerzhaft.

Rauchfreie Pneumonitis

Seit Tagen hündisches Gekläffe. Wenn die Antibiotika-Armee den Krieg der Mikroorganismen nicht bald gewinnt, huste ich mir noch die tiefschwarze Lunge aus der Brust.

In der Nacht: Zitha-Krankenhaus, Notaufnahme. Ein junger Pneumologe rät zu einer stationären Behandlung. Ich stimme zu. Zimmergenosse ist ein 80-Jähriger, der zu Scherzen aufgelegt ist, obwohl sein ältester Sohn erst gestern verstorben ist. Lachen gegen den Schmerz.

Ich beherberge Mykoplasmen in den Lungen, angeblich nichts Gravierendes, aber der Verdacht auf Stickhusten hat sich bestätigt. Der Hypochonder in mir überlegt sich vorsorglich eine Stellenausschreibung: „Nachlassverwalter gesucht. Bereitschaftsdienst unverzüglich anzutreten.“ Am Schlimmsten ist ja der Rauchentzug: fehlendes Antidepressivum, fehlende Gedächtnisstütze, fehlendes Menschenverklärungsmittel. Nach zwei blaudunstfreien Wochen habe ich die volle Kontrolle über meinen fremdgerichteten Homiziddrang wiedererlangt.

Zungenverlustangst
Wenn ich befürchte, die Zunge zu verlieren, den sprachlichen Zugriff auf die Welt, dann lese ich wieder Frisch, zum Beispiel die Tagebücher oder den *Montauk*, und bemerke, dass mein Sprachrepertoire bloß einige der geborgten Wörter zur Erholung nach Hause geschickt hat.

Bicherfoire

Frankfurt, Oktober 2015, Samschdegnomëtten: Op der Bicherfoire Visiteure wéi Seechomessen, just ouni Koordinatioun. Virun engem Stand, op dem d'Daniela Katzenberger versicht op Houdäitsch ze verzielen, wéi et ass, als „Tussi" Mama ze ginn, bleiwe méi Leit stoe wéi am ganze Pavillon vum Gaaschtland Indonesien. Nach méi schlëmm: Bal iwwerall kann ee Bicher upaken, bal néierens se apaken. An den Halen tommelen sech Fabelwiesen aus engem Comic-Paralleluniversum, de Mike Krüger ass säit Laangem nees mat der Nues virbäi, an dobaussen op der Agora quittéiert de Bas Böttcher d'Performance vun der Poetry-Slam-Kolleegin mat engem Jack-Nicholson-Gesiichtsausdrock. Entretemps léisst de BVB-Futtballprofi Nuri Şahin am Gespréich mam gewiiften Auteur a Bayern-Fan Feridun Zaimoglu seng Konterstäerkt vermëssen. Mee wat wonneren ech mech? Souguer dem eloquente Literaturkritiker Denis Scheck verschléit et am ARD-Interview mam Schrëftsteller Ilja Trojanow fir ee Moment d'Sprooch. An dat wëll wierklech eppes heeschen!

Mangelnde Fliehkraft

Spieglein, Spieglein an der Wand, hättest du Beine, wärest du weggerannt. Ich fühle mich wie Fassbenders Figur in *Shame*. Dauerflucht vor mir selbst. Da ruft auch schon der Spiegel: Schmink dich ab, schau dir ins Gesicht, nimm die Verlebtheitsfalten wahr. Und: *Nosce te ipsum!*

Nichtrauchen mit Rönne

Schlecht besuchte Veranstaltung zu Gen Y in der Abtei Neumünster, knapp 30 Leute, darunter zwei meiner Schülerinnen. Mit Ronja von Rönne per Du. Ihre Zigarette nehme ich trotzdem nicht an, so weit will ich nicht gehen. Sie raucht rote Gauloises. Trinkt Rotwein. Findet Valerie Fritsch umgänglich. Mag Clemens J. Setz. Und den handgefertigten Kugelschreiber meines Schwiegervaters. Was sie weniger mag, ist das Debattieren über „ihre" Generation. Sie wolle die Leute viel lieber allein unterhalten, das liege ihr mehr. Sie habe auch gar keinen Generationenroman geschrieben, weshalb sie eigentlich hier ziemlich fehl am Platz sei. Hauptsache die Kohle stimmt, wirft Luc ein, dessen Nachname nach einer deutschen Bank klingt und der sich draußen, im Innenhof der Abtei Neumünster, zu uns gesellt hat. Sie erinnere sich gar nicht mehr an ihre Gage, kokettiert Ronja. Ich finde, sie hat einen Effektroman geschrieben, und als ich sage, man könne den Eindruck gewinnen, das Buch enthalte mehr Pointen als Punkte, sagt sie frei heraus, die Form sei ihr wichtiger als der Inhalt. Ein weiteres Buch ist in Planung, trotz aller Schreibqualen beim ersten.

Bildungsblockade

Das letzte Drittel ist mehr als die Hälfte des Ganzen. Hemmnis der Verbildung. Man kritzelt nicht mehr aus dem Bauch durch das Herz mit dem Stift, sondern formuliert gegen den Bauch, ohne Herz mit dem Klugscheißerkopf.

Tassengeklimper

Noch knapp zehn Minuten bis zum Beginn der Buchvorstellung von Linda Graf im Escher Theater. Ich harre in einem nahegelegenen Café aus, bekämpfe Gefühle, deren Ausbruch mich als misanthropisch oder mindestens als sozial selektiv erscheinen ließen. In dieser scheppernden Schreckschraubenkiste ist an Arbeiten einfach nicht zu denken. Man müsste mehr von Seelenklempnerei verstehen!

Silvesternacht 16/17
Ein als Weihnachtsmann verkleideter Attentäter hat in der Silvesternacht in einem Istanbuler Nachtklub 39 Menschen getötet und 69 weitere verletzt. Der Terror hat sich beim Rutsch ins neue Jahr offenbar nicht wie erhofft das Genick gebrochen.

Martenstein
Ich lese Harald Martenstein gerne, für mich ist er einer der besten deutschsprachigen Kolumnisten. Weil er schnörkellos schreibt, weil er nicht dummdödelt, und – vor allem – weil er Haltung zeigt. Seine konservative Gesinnung, die dem linken Satire-Mainstream diametral entgegensteht, lässt er sich von niemandem madig machen, nicht von militanten Veganern, nicht von sprachpolizeilich aktiven Feministinnen und auch von anderen, politisch hyperkorrekten Kleindenkern nicht. Das ist nicht renitent, sondern konsequent. Obwohl ich viele seiner (mitunter reaktionären) Ansichten nicht teile, nötigt mir sein mutiger Nonkonformismus doch einigen Respekt ab.

Nolte beim Bachmannpreis
Jakob Nolte liest beim Bachmannpreis einen anarchisch-verspielten Text, der auf mich wie das Produkt einer ästhetischen Experimentierphase wirkt. Dargeboten wird der mäandrierende Gedankenfluss einer sprachskeptischen Erzählerin, der ein paar pfiffige Sätze anschwemmt, aber ansonsten exegetisch nicht viel hergibt. Dafür, das hat die Jury-Diskussion gezeigt, bietet sich der Text umso mehr als Projektionsfläche für (versponnene) literaturtheoretische Ideen an. Kurz: Hier lässt sich mehr hineinlegen als auslegen.

S. & K.

Doppellesung mit S. & K. in Luxemburg-Stadt, schätzungsweise 60 Gäste, darunter eine Schulklasse von mir. K. erweist sich als ehrgeiziger Schriftsteller, S. als sympathischer Mensch. Nach der zweistündigen Veranstaltung Abendessen beim Italiener mit Autoren und Organisatoren. Nach dem vierten Glas Wein (erst Pinot Gris, dann Montepulciano) setzen sich bei K. Zunge und Gesichtsmuskeln in Bewegung. Was folgt, ist eine längliche Suada über die Verhunzung des Deutschen durch Anglizismen („Sinn machen" ergebe keinen Sinn), über ungerechte Literaturjurys (die Listen des Deutschen Buchpreises seien ein schlechter Witz), über heuchlerische Kollegen (B., die den Buchpreis ebenfalls kritisiert hat, solle „ihr Maul halten", sie habe schließlich auf der „Scheißliste" gestanden) und über das schwere Los eines freischaffenden Autors, dessen Genialität nicht gewürdigt werde. Die Situation ist derart peinlich, dass ich das Thema wechsele. Jetzt reden wir über Sexualassistenz im Pflegebereich. Als ich K. zum ersten Mal gesehen habe, vor knapp vier Stunden, hat er noch an mir vorbei geschaut, irgendeinen Punkt an der Wand fixiert und meine ausgestreckte Hand nur pflichtschuldig geschüttelt, um dann wieder wie eine Wachsfigur aus Madame Tussauds vor dem Besprechungstisch zu verharren. Und nun sitzen wir hier und fragen uns ernsthaft, ob assistierte Selbstbefriedigung für den Patienten ehrverletzender ist als für die Pflegekraft. Er meint ja.

Treffen mit Ted

Wir reden bei zwei doppelten und zwei einfachen Espressi im Chocolate House. Zwei Stunden lang. Führen ein echtes Gespräch über Literatur, Reisen und Tanzen, das Leben, meinen Knacks und seinen Knacks, den Tod. Wie viele Jahre haben wir uns nicht gesehen? Und doch ist da eine uralte Vertrautheit, ein tiefes Einverständnis, ein Gleichklang beinahe, der mich, wenigstens für einen Augenblick, in Ordnung bringt, und der mir bedeutet, dass Verwandtschaft ohne Blut auskommt. Ein tröstender Gedanke.

Nur Altes im Neuen

Neues Jahr, altes Bild. Um Punkt Mitternacht stehen sie in einem Sicherheitsabstand von zwei, drei Metern zueinander auf der Dachterrasse ihres Wohnhauses und starren in den von Feuerwerkskörpern erleuchteten, rauchigen Nachthimmel. Jeder für sich, in alter Kälte. Zwei einsame Menschen, zwischen denen nichts mehr ist, außer einer Tochter und einem Bankkonto.

Selbstbeobachtung mit Hund

Immer wenn ich mich in unserem Wohnzimmer auf den kühlen Kachelboden setze, mit den Beinen ein kleines d bildend, und Manfred tapsig und mit wippendem Hinterteil angecockert kommt, sich passgenau in den Bauch des Buchstabens legt und seine Schnauze auf einen meiner Oberschenkel sinken lässt, verbinden sich in mir Vertrautheit und Verantwortung zu einem warmen Glücksgefühl.

Begegnung am Totenhof

Der Weihwasserkessel am Grab der Großeltern ist leer. Vielleicht erklärt dieser Umstand meine Tränen. An den Erinnerungen wird es nicht liegen, denn die sind verblasst. Da ist nur noch ein Zwerghuhn. Ein Kaninchen. Und Mira, ein stoischer Langhaardackel, der zuließ, dass die Enkelkinder sich auf ihn werfen. Da sind zwölf Kartoffelpuffer, ein Sonntagsbraten und ein paar Krümel vom Rotweinkuchen. Außerdem ein Eimer. Wenn der Vater meiner Mutter mal wieder rohen Knoblauch aß, dann spuckte er in diesen Eimer, gleich neben den Küchentisch. Am deutlichsten erinnere ich mich an das anlasslose Lachen meiner Großmutter, in das sie, so kam es mir jedenfalls vor, ihre ganze Herzlichkeit legte. Jetzt, da ich diesen Gedanken aus der tonlosen Welt des Friedhofs tragen möchte, bemerke ich sie. Auf dem Steinmäuerchen am Eingang liegt eine rot gescheckte Katze. Sie fixiert mich argwöhnisch aus dünnen Augenschlitzen. Hoch oben in den Wipfeln der umliegenden Bäume hebt gerade ein mehrstimmiges Krächzen an, und der Wind, der merklich an Stärke gewonnen hat, versetzt meinem

Fahrrad einen leichten Stoß, sodass es sich seitwärts bewegt. Ich denke, es ist Zeit zu gehen und die Toten und ihre Wächter in Ruhe zu lassen.

Wortungetüme
Je später der Abend, desto hässlicher die Wortungetüme, die vor meinem geistigen Auge wie brünstige Hyänen defilieren, obwohl ich sie längst unwiederbringlich im Treibsand meines Gedächtnisses versunken geglaubt hatte.

Pharmabuch
Ich sollte die Veröffentlichung meines Tagebuchs von der Pharmaindustrie finanzieren lassen. Zweifelsohne werden die meisten meiner Einträge den Absatz von Antidepressiva fördern.

Sprache mit Bart(hes)

Schlanke Gedanken
Ich mache mir Gedanken. Sie sind unförmig, schmerbäuchig und trüben meine Sinne. Ich fühle: Intensives Denken macht traurig. Der große George Steiner hat dazu einen Essay geschrieben (*Warum Denken traurig macht*, 2006). Essays verstehe ich als Einladungen zum Mit- und Nachdenken, ergo zum Traurigwerden. Wie gerne würde ich eine solche Einladung ausschlagen, nur ein einziges Mal! Einmal kurz zurückkehren ins Vorvernünftige, in die grübelfreie Zeit der frühen Kindheit, ins Reich der schlanken Gedanken.

Odo Marquard, anders
Meine gesellschaftspolitische Forderung: Mehr Inkompetenzkompensationskompetenz für alle!

Sprachlast
Gehirnmuskelkater nach der Lektüre von Roland Barthes. Man weiß nicht so recht, ob man ihn für diesen Schreibstil beneiden oder bemitleiden soll. Ich bewundere eher Tschechow, seine Briefe an Olga, hingetropfte Sätze aus leichter Feder. Die Wörter, die *mir* einfallen – oder vielmehr: auf mich fallen – wiegen dreizehn Tonnen. Sie erschlagen mich, noch ehe sie einen zweiten Leser erschlagen könnten.

Aggro-Atheismus

Ich bin nicht Atheist, ich bin Agnostiker. Da Behauptungssätze über Gott und dessen Existenz keinen überprüfbaren Wahrheitswert haben, scheint es mir geboten, ontologische Urteile in diesem Zusammenhang zu unterlassen. Außerdem kommen mir atheistische Aussprüche nicht selten in Ton und Stoßrichtung martialisch vor. Wenn sich dann radikaler Atheismus, Antiklerikalismus und Antimonarchismus vereinen, bleibt es zumeist nicht bei der berechtigten Kritik an undemokratischen Herrschaftssystemen. Man beachte die Bestialität, welche in der folgenden, fälschlicherweise Diderot zugeschriebenen Wunschäußerung des Religionskritikers Jean Meslier (1664-1729) zum Ausdruck kommt: „Je voudrais, et ce sera le dernier et le plus ardent de mes souhaits, je voudrais que le dernier des rois fût étranglé avec les boyaux du dernier prêtre." Ein törichter, blindwütiger Satz, zu dem sich ein wahrer Aufklärer und Humanist nicht hinreißen ließe.

Wonnen der Etymologie
„Stelldichein“: ein treffliches und treffendes Wort. Der Sprachpfleger Campe hat es im 18. Jahrhundert als Ersatz für „Rendez-vous“ vorgeschlagen. Heute leider veraltet. Dabei handelt es sich, den Morphemen nach, um jenen Imperativ, dessen Befolgung für das Gelingen eines romantischen, freundschaftlichen oder kollegialen Zusammenschlusses, ja *mutatis mutandis* für jede Form menschlicher Zusammenkunft unabdingbar ist.

Nichts für geschlossene Räume
Feststellung, dass der antiquierte Ausdruck „Leibwind“ weniger hochgestochen als „Flatulenz“ und weniger prosaisch als „Furz“ klingt. Zeit für eine Entstaubung durch Gebrauch. Zum Einstieg eine Variation auf einen Rilke-Vers: „Und auf den Fluren lass die Leibwinde los!“

Elenti

Aus der europäischen Ideologiegeschichte der monokulturellen Identität: Die Idee des Leidens an der kulturellen Entwurzelung (welcher durchaus eine reale Erfahrung entsprechen kann) wird hörbar als ein Echo auf das althochdeutsche *elenti.* Die Etymologie führt uns an die tausendjährigen Quellen der ideologisch-begrifflichen Integration von Vertriebensein, Fremdheit, Bedürftigkeit, Unglück – und Elend. Xenophobie, die Angst vor dem Fremden, dem als barbarisch (d. h. unkultiviert) entworfenen Anderen, als Pendant zur Angst vor dem eigenen Fremdwerden, wird somit verständlich, wenn auch nicht verzeihlich.

Meta-Notiz, schwarzgallig geschrieben

„Die Encyclopédie definiert Melancholie als ‚le sentiment habituel de notre imperfection'. Spätere Theorien deuten sie als Spur eines übergroßen Verlusts. Nimmt man beide Deutungen zusammen, entsteht die Frage, welche Vollkommenheit man verloren haben könnte?“ (Sloterdijk, Notiz vom 23. Juni 2008). Einen Tag zuvor notierte Sloterdijk: „Im Fitness-Studio ein Plakat mit einer auf dem Rücken liegenden Frau, die ruft: Fit mich!“ Nimmt man beide Tagebucheinträge zusammen, hört man die Melancholie zurückrufen: Du dich selbst!

Tod auf Raten

2013 und immer wieder Jubiläen: Albert Camus und Claude Simon (beide 100), Verdi (200), Büchner (auch 200), Diderot (gar 300). Zu schade, dass keiner der Herren an den Geburtstagsfeiern in persona teilnehmen kann. Tot sind sie dafür noch lange nicht. Auch Reich-Ranicki wird weiterleben. Nicht nur durch sein Werk, sondern auch in all jenen, die er direkt oder indirekt geprägt hat. Ich glaube nicht mehr an den einen Tod. Wir sind schon vorher gestorben. Und wir werden nachher noch unzählige Male sterben. Mit all jenen, an denen unsere Spuren abzulesen sind, geht ein Teil von uns.

Philosophische Jenseitsgrüße
Betrachten wir zum 200. Geburtstag des religiösen Poeten Kierkegaard den Menschen mit Beihilfe von Heidegger unter dem existenzialontologischen Mikroskop, so sehen wir ihn gespannt zwischen Endlichkeit und Unendlichkeit. Es ist der von Mephisto geschmähte „Schein des Himmelslichts", der das Jenseits im Diesseits aufschimmern lässt und zugleich hilft, die Unheimlichkeit des Daseins im *Nunc stans* zu begreifen. Zum Unglück ist das Dasein, wegen dieses Scheins, existenziell dazu verflucht, sich uneinholbar vorweg zu sein. Die Unmöglichkeit des bloßen Beisichseins treibt nun das ängstliche Dasein gerade in der Sorge um sich selbst in die uneigentlichen Arme des Man, dem es alltäglich verfällt.

Klatschstudie
Spannende Studie zum Ansteckungspotenzial des Klatschens von Jean Krause und einer internationalen Gruppe von Verhaltensforschern. Diese haben herausgefunden, dass es in einem gegebenen Publikum immer dieselben „Frühklatscher“ sind, die den Rest der Zuschauer/-hörer binnen drei Sekunden anstecken. Je mehr Leute klatschen, desto größer der „Druck zum Mitklatschen“.

Beim Applaus ähneln sich überdies Anfang und Ende. Hört einer auf zu klatschen, schließen sich die anderen zeitnah an. Interessant auch, dass Applauslänge und Darbietungsqualität nicht direkt korrelieren, ein intervenierender Faktor ist die situative Gruppendynamik.

Im vorletzten Jahrhundert gab es sogar Profi-Claqueure, „Ritter vom Kronleuchter“, wie sie auch noch genannt wurden aufgrund ihrer Position im Raum. Diese waren gleichsam verantwortlich für das rechte Timing beim Einsatz des Applauses. In der Pariser Szene der darstellenden Künste floss damals viel Geld, damit Claqueure bei neuen Stücken fleißig vorklatschten und das Publikum „zu einer positiveren Bewertung des Gesehenen“ anregten. In Sitcoms erfüllt diese Funktion heute die in meinen Ohren nervige Lachkonserve.

Tauben

Sie gelten als „Ratten der Lüfte“. Kein schmeichelhaftes Image. Eine halbe Milliarde von ihnen pickt, flattert und gurrt in den Städten der Welt – und hinterlässt tonnenweise Kot. Also haufenweise Ärger. Denn den Einwohnern stinkt das natürlich gewaltig. Die Tiere können eine ziemliche Plage sein, aber eines sind sie gewiss nicht: Dummdödel. Tauben zählen, ganz im Gegenteil, zu den Hochbegabten unter den Vögeln. Sie können sich über 700 Muster merken. Oder lernen, zwischen Wörtern und Nichtwörtern, Frauen und Männern, Chagall und van Gogh, ja sogar zwischen gesundem und krebsbefallenem Gewebe zu unterscheiden. Und zur Selbsterkenntnis sind sie auch fähig. Was man von Menschen nicht pauschal behaupten kann. Vielleicht könnte man die schlauen Tauben ja auch darauf konditionieren, literarisches Trockenfutter wegzuschnäbeln?

Moralisches Vakuum

Elmar Krekeler, ein Mann der klaren Worte, knappen Sätze und überzähligen Gedankenstriche, hat heute in seiner Krimi-Kolumne in der *Literarischen Welt* den Roman *Die Schuld vergangener Tage* von Peter Temple besprochen. Ein Klassiker, wie er findet. Ich muss zugeben, die Stelle, die er zitiert, ist nicht übel: „Haben Sie gewusst, dass böse Menschen eine Art Kraft umgibt? Eine Art von Unabhängigkeit. Das ist eine sehr mächtige Eigenschaft. Es handelt sich um eine Ruhe, um fehlende Zweifel, um eine Gleichgültigkeit gegenüber der Welt. Das lockt andere Menschen an. Das moralische Vakuum lockt sie an. Die Schwachen gehen zu den Starken." Ein schönes Paradox: Das moralische Vakuum erfüllt die Aura dieser Menschen.

Zur Genealogie der Lebenslüge

Am Anfang war das Gefühl. Dann das Greifen. Auf das fühlende Greifen folgte das begreifende Gefühl. Nun stellte sich das Wort ein und mit ihm der Verstand. Der Verstand gebar das Gedächtnis und er gebar die Einbildung. Bald gerieten die Geschwister miteinander in Streit und aus ihrem Zwist ging, grinsend, die Erzählung hervor. Nach der Erzählung aber war – nichts. Außer jener janusköpfigen Lüge, die wir für die Erinnerung an unsere bisherige Existenz halten und die uns in unsere zukünftige Existenz hineinhält.

Etymologie sei Dank!

σχολή = Altgriechisch für „Schule", ursprüngliche Bedeutung: Freizeit beziehungsweise Nichtstun. Von der Antike her weht also der Wind!

KI und kein Ende?
Schon länger sind sie die besseren Schach- und Go-Spieler. Jetzt schlagen uns intelligente Blechbüchsen auch noch beim Poker! Bange Frage: Wenn der Homo sapiens bald nicht nur kognitiv, sondern auch in puncto emotionaler Intelligenz zweitklassig ist, was verbürgt ihm dann noch seine „Sonderstellung im Kosmos“ (Max Scheler)? Und: Wann kommt der Terminator?

Liebestötende Selbstbespiegelung
Frage ohne aktuellen Anlass: Wie häufig scheitern Beziehungen daran, dass Liebende dazu neigen, sich dem Partner anzugleichen und dessen Macken zu übernehmen? Jedenfalls wird der, der nicht mit sich selbst im Reinen ist, kein Duplikat seiner selbst an der Seite haben wollen. Daher mein Abänderungsvorschlag für eines der beiden höchsten Gebote: Lerne sogar das an deinem Nächsten zu lieben, was du an dir ablehnst. Oder ändere dich, in Gottes Namen!

Meerjungfrauensex impossible

Oh, stoische Meerjungfrau, du liebliche Tiefseenonne, du holde Jungfer auf Lebenszeit, gerühmt sei deine libidofeindliche Anatomie! Welch fabelhafte Inkorporation der Enthaltsamkeit, dieser Keuschheitsschwanz! Es gibt sie noch, die erhabene Sehnsucht des Menschen nach Reinheit, nach Unberührbarkeit. Im Reich der Fantasie erreicht sie ihr Ziel. Dein einsamer Albtraum, Echo unserer frommen Wünsche.

Trauri(n)g, aber wahr

Nur bei Mord wird man den Ehepartner schneller los: Das Scheidungsrecht wird vereinfacht, das Verfahren beschleunigt. Die Zuständigkeit für die Scheidung liegt künftig allein bei einem Familienrichter. Die Schuldfrage wird in der Regel nicht mehr gestellt werden, Scheidung durch „Fehler“ abgeschafft. Vielleicht macht die Entscheidung Sinn – die Mehrheit der 1345 Ehepaare, die sich allein 2015 in Luxemburg trennten, tat dies im Einvernehmen.

Was mich mehr schockiert als der signifikante Rückgang der Eheschließungen bei konstant hoher Scheidungsrate ist die Tatsache, dass neun Paare es offenbar nicht einmal ein Ehejahr lang miteinander aushielten. Im Jahr 2000 waren es sogar 15 Paare. Ansonsten gilt: Je länger man verheiratet ist, desto größer die Wahrscheinlichkeit, dass man sich trennt. Trauri(n)g, aber wahr.

Merry Marriage

Marriage is also known as matrimony or wedlock. I must say I prefer the former, as it evokes connotations of motherliness and, by extension, the condition of caring for each other (*love as caritas*). Moreover, it rhymes with ceremony, good company and harmony. Admittedly, it also rhymes with monotony and – shifting the intonation slightly – with easy money. Still, this seems head and shoulders better than wedlock, which really does sound a lot like deadlock and somewhat like bad luck. Plus folk etymology associates the suffix "lock" with imprisonment. Bollocks. Of course.

Child Cyborgs

Seen a child sitting on a kind of bobby car with no wheels, but with an integrated tablet computer: a digital native, literally. I do not think of myself as conservative, but this is nothing but degenerate consumer breeding. What's next? Child cyborgs?

Sense of an Ending

Somewhere in the first couple of lines of Dicken's masterpiece *Oliver Twist* the protagonist of the same name is introduced as an "item of mortality". Now that is a rather depressing outlook on (incipient) life, although it surely makes sense in the narrative context (shortly after Oliver is born, his mother dies). So: *memento mori*, think of Lana Del Rey's *Born to Die* and enact Heidegger's "being-toward-death" meaningfully, that is by doing philosophy, that is by "learning how to die" (Socrates) – while you still can!

Klaviatur des Populismus

Die finsteren Zeiten des ausschließenden Nationalismus scheinen immer noch nicht vorbei. Das macht mir Angst. Wann werden endlich die richtigen Lehren aus der Geschichte gezogen? Wann nimmt der postmoderne Mensch, der virtuell Unbehauste, der nabelschauende Weltbürger, endlich sein kosmopolitisches, polyidentitäres Dasein ernst? Sind wir am Ende nur Teil einer De(sin)formationsgesellschaft, lauschen mehrheitlich andächtig, wenn jemand virtuos seine Ode von der idyllischen kulturellen Homogenität auf der Klaviatur des Populismus spielt, archaische Nationalmythen evoziert und xenophobe Ressentiments bedient? Sind wir unaufgeklärte, unerhellte Adrenalinjunkies, die nach Scheingründen lechzen, um uns bis zur Weißglut ärgern zu dürfen? Jedenfalls treibt der Chauvinismus wieder Blüten, überall. Wehret den Anfängen? Dazu ist es zu spät.

Schweigen

Der Seltenheitswert des Schweigens steigt stetig. Vielerorts gibt nur noch Gerede den (schlechten) Ton an. Der Sinnstiftungsraum, in dem Menschen eigentlich und wirklich miteinander sprechen, und das heißt auch: miteinander schweigen können, hat sich derweil verengt. Schweigen erscheint nicht wenigen als so unangenehm, ja so unerträglich wie das Sagen anstelle des Aufsagens. Doktor Murkes Idee, Schweigen zu sammeln, um es später einmal langzeitig genießen zu können, mutet daher gar nicht so abwegig an.

H.M.R.R.

Alle gipsköpfigen Sozialchauvinisten, die über Leseschwächen und Artikulationsstörungen witzeln, sollten einmal versuchen, den Namen des ehemaligen madagassischen Präsidenten ohne Versprecher laut und deutlich zu lesen: Hery Martial Rakotoarimanana Rajaonarimampianina.

Murakami kurz und klein kritisiert

Reich-Ranicki meinte einmal, er brauche nur eine einzige Seite zu lesen, dann wisse er, ob ein Roman etwas tauge oder nicht. Da ich kein Literaturpapst bin, allenfalls ein Literaturministrant, habe ich mir ein paar Seiten mehr von Murakamis Machwerk *Die Pilgerjahre des farblosen Herrn Tazaki* zugemutet. Beispiel: „Er hatte gelebt wie ein Schlafwandler oder wie ein Toter, der noch nicht gemerkt hatte, dass er tot war." Oder Murakami schreibt wie ein Toter, der noch nicht gemerkt hat, dass er und sein Schreiben verunglückt sind.

Credo der Kuscheldeckenleser

Ein Buch muss ein Paar Schlittschuhe für das gefrorene Meer in uns sein. Nicht zu eng geschnürt, bitte, und ohne allzu scharfe Kanten. Wollten wir in den eisigen Tiefen des Meeres ersaufen, lieber Herr K., dann nähmen wir eine Axt.

Locus amoenus?
Olfaktorisch letztklassig, philosophisch und literarisch gleichwohl gewürdigt von Žižek (Ideologie am Beispiel unterschiedlicher Toilettenstrukturen) und Brecht (Orge-Gedicht im expressionistischen Stück *Baal*), ist das Klosett schließlich auch zum Gegenstand eines geist- und anspielungsreichen Essays von Torwartkenner und Publikumsbeschimpfer Peter Handke geworden.

Redeumwendungen, Trümmaphorismen

- An manchen Tagen fliegen die Finger nur so über die Tastatur – leider ohne Zwischenlandung!
- Suche Anlageberater für Sprachvermögen.
- Gebell und Gelächter sind klangverwandte Geschwister.
- Wir leben nicht in der schlechtesten aller Welten, aber wir arbeiten daran.
- It's raining tigers and wolves!
- Kränkelnder Klassenarbeitgeber. Klares Krankheitsbild: Korrigitis.
- Allein in der Wüste, der Humor am Vertrocknen, kann mir keiner das Wasser reichen.

(Ein)Schlafgedicht
Du Todes Bruder träufelst Nacht
in meine Augen!
Du altes Luder willst mir sacht
am Willen saugen!
(Schon schwinden meine Sinne)
Bringst mich noch um – den Verstand!
Doch diesem Ende wohnt bereits
ein Anfang inne.
Das ist der Schnitt durch Schlafes Band.

Atemberaubt
Gefangen
im Schwitzkasten einer Ideologie
fehlt dir
zur Wahrheit
der lange Atem.

Alles brennt

Tippen auf Tasten.
Brennende Fingerkuppen.
Schauen auf Schirm.
Verbrennende Wortwürste.
Denken an Deadline.
Ausbrennende Synapsen.

Beim vorläufig letzten Gericht
Sei zu Taten bereit
Entscheid
Das Speisekartenspiel

Hobel deine Gurkentruppe
Mach die Zeltheringe sauer
Artischocke Spargeltarzan
Zieh ihm Löwenzähne
Sieh ihn sieden
Mit tief gehängten
Menschentrauben
In Trauerkloßbrühe

Dann nimm die Haare
Bei der Wurzel
Reiß die Glühbirnen ab
Lass Kopfnüsse knacken
Zähl Wähl Schäl
Sinnfreie Erbsenhirne
Bevor du alle
Wieder hütest
Wie deinen Augapfel
Mit Melone.

ausgereimt
einst schrieb ich
gedichte
doch das ist lange her
(ja das ist längst geschichte)

du weißt
es geht nicht mehr

versunken sind die worte
(sie waren wohl zu schwer)
an irgendeinem orte
im metaphernmittelmeer

Wer ...

- Wer vermeintlich mehr Zukunft als Vergangenheit hat, schätzt die Gegenwart weniger.
- Wer sich darüber beschwert, dass ihm das Wasser bis zum Hals steht, der gedenke der Wiesenschaumzikade in der Kuckucksspucke.
- Wer andauernd intellektuell untertourig fährt, riskiert, sein Gehirn abzuwürgen.
- Wer zu lange auf sein Recht pocht, hat es am Ende noch totgeschlagen.
- Wer mir den Buckel runterrutscht, geht mir am Arsch vorbei.
- Wer zu viel Wein trinkt, wird weinen; wer zu viel Cola-Bier trinkt, wird ...

Es geht um die Wurst!

Er nannte sie Johanna. Chantal klang irgendwie unpassend, jedenfalls nicht typisch österreichisch. Johanna, vielleicht mit Zunamen Wiesbauer, ja, so konnte es heißen, das blutjunge Alpenmädel in der schlichten, rot-weiß karierten Tracht, mit dem seitengescheitelten, kastanienbraunen Haar, den anmutig blickenden, dunklen Knopfaugen und den belagfreien Hochglanzzähnen, die ihm allmorgendlich entgegenblitzten, während ihre Besitzerin schalkhaft lächelte, vollkommen unbeeindruckt von seiner tageszeitbedingten Bärbeißigkeit. Zwar wusste er nicht, wie er es anstellen sollte, aber so eine musste er einfach besser kennenlernen. Keine Frage. Tief durchatmend wendete er die Fleischwurstverpackung, auf der Johannas bezirzendes Konterfei neben der sinnigen Aufschrift „Scharfe Knacker“ zu bewundern war, suchte und fand die Rufnummer des Kundendienstes, zögerte nur einen Wimpernschlag, griff dann zitternd zum Telefon und …

(Selbst)Kritisches und Kurioses

Befürchtung eines Flugangsthasen

*Merk*würdige „Letzte Worte“ vor dem Exitus von Hugo von Hofmannsthal („Mir ist ganz gut“), Samuel Johnson („Mir kommt ein komischer Gedanke: Im Grab bekommen wir keine Post mehr“), Karl Valentin („Wenn ich gewusst hätte, dass Sterben so schön ist ...“), einem namentlich unbekannten Soldaten („Leck mich die ganze Welt am Arsch“) und vielen anderen, gesammelt in den späten Vierzigern von Ernst Jünger, dem zwielichtigen Tausendsassa, der einen Sinn für das Morbide hatte. Meinereiner hofft ja immer inständig, wenn er die Warnung „Bitte bleiben Sie angeschnallt, wir erwarten leichte Turbulenzen“ durch die Lautsprecher eines Flugzeugs, irgendwo in Wolkennähe, vernimmt, es möge sich dabei nicht um die letzten Worte des Piloten handeln.

Lebenstakt

Bei der Suche nach einem passenden Rhythmus für eine Herzdruckmassage empfiehlt sich eine Orientierung an *Stayin' Alive* oder *Like a Prayer* (beide 100 Beats pro Minute); als Alternative bietet sich *Highway to Hell* an (116 Beats pro Minute). Kein geschmackloser Gag, sondern ein hilfreicher Tipp in einer lebensentscheidenden Stresssituation.

Alphabetdurchrülpser

Roger Willemsen verschlug es vor Jahren auf seiner *Deutschlandreise* nach Igel, unweit der Luxemburger Grenze. Man lese und staune (nicht). Zitat eines einheimischen Jugendlichen: „Neulich habe ich versucht, das ganze Alphabet durchzurülpsen, aber bei P ist mir schlecht geworden." Ich frage mich, ob er noch fleißig geübt hat und es heute, als Ausgewachsener, wenigstens bis V wie Vollidiot schafft.

Wem die Stunde schlägt
Gleich neben dem Friedhof in Mertert klebte 2013 eines dieser schönen LSAP-Wahlplakate. Der hedonistische Slogan „Loscht op muer“ wirkte in dieser Nachbarschaft besonders einladend.

Feinschmeckermücken
Provenzalische Stechfliegen scheinen am liebsten luxemburgisch zu speisen. Ich würde ihnen ohne viel Aufhebens ein Bein opfern, wenn sie im Gegenzug alle anderen Körperteile verschonten. Nur: Wie verhandele ich mit diesen nimmersatten Viechern und wie überzeuge ich meine Frau, mir ein Bein zur Verfügung zu stellen?

Kein-Vater-Tag

Herrentag in Luxemburg. Bislang hat mir noch niemand gratuliert. Das bestärkt mich in der Zuversicht, dass ich keine Kinder habe, von denen ich nichts weiß.

Magen frei

Habe der treu sorgenden Frau soeben von meinem Magen ausgerichtet, dass er sich über warmen Besuch sehr freuen würde und durchaus bereit wäre, auch ein paar gesunde Gäste zu empfangen, sofern diese in kalorienhaltiger Begleitung kämen und sich nach einigen Stunden geräuscharm entfernten.

Zwei Romane

2016: Zwar hat der BVB keinen neuen Film im Kasten, dafür aber einen neuen Roman. Hoffentlich hält der, was er verspricht.

Inselbuch
Am Lies-ein-Buch-Tag fragt der SWR, welches Buch ich auf eine einsame Insel mitnehmen würde. *Floßbau für Anfänger* wäre in meinem Fall wohl die beste Wahl.

Schwindel
Wenn du spaßeshalber bei Starbucks unter falschem Vornamen deine Bestellung aufgibst und dann vergisst, wie du (nicht) heißt.

So geht Bestseller
Sie wollen Ihren Namen auf der nationalen Bestsellerliste lesen? Einmal den Luxemburger Buchpreis in Ihren Händen halten? So klappt es: Bitten Sie zunächst um eine Audienz im „Palais“. Erkundigen Sie sich nach den Leibspeisen der großherzoglichen Familie, lassen Sie diese vor Ort von Anne Faber zubereiten. Bringen Sie unbedingt einen Fotoapparat mit oder, besser noch, Tom

Hillenbrand und Andy Genen. Hillenbrand schreibt dann, passend zum Event, einen lokalpatriotischen kulinarischen Krimi und Genen steuert noch ein paar Comiczeichnungen bei.

Luxemburger sind nicht gerade literaturaffin. Aber sie lieben Bücher mit Bildern, Kochrezepten – und Leichen. Romanfiguren müssen deshalb gar nicht glaubwürdig sein. Nur tot. Rich Ruppel hat es richtig gemacht. Zwar liest sich jeder Polizeibericht spannender als seine klischeebeladene Schmonzette *Dräi Läichen* zu *Koplescht* (2014), aber es gibt immerhin drei Leichen! Als Bestsellerautor in spe können Sie natürlich auch von Mauerblümchen erzählen, die ordentlich durchgenudelt werden. Sie erinnern sich an *Fifty Shades of Grey*, diesen weichgespülten, pseudo-pornografischen Edelkitsch? Den haben ja nicht nur sexuell unbefriedigte Hausfrauen gelesen. Diese Papiervergewaltigung hat sich damals innerhalb von vier Monaten 40 Millionen (!) Mal verkauft. Häufiger als alle sieben Bände von *Harry Potter* zusammengenommen. And not a single shade of shame!

Was Sie nicht vergessen sollten: eine vernünftige Preisgestaltung (Stichwort Groschenroman), ein professionelles Marketing (Influencer!) und einen möglichst schrägen Titel. Gut funktioniert haben: *Darm mit Charme*, *Geweint wird, wenn der Kopf ab ist* und, mein persönlicher Favorit, *Wer der Herde folgt, sieht nur Ärsche*.

Falls es Ihnen jetzt noch an Motivation mangelt, dann denken Sie daran, dass Sie in Luxemburg nur ein paar hundert Bücher verkaufen müssen, um auf der Bestsellerliste zu landen. Aber vielleicht wollen Sie ja gar keinen Bestseller schreiben, sondern einfach nur ein richtig gutes Buch. Dann brauchen Sie meine Ratschläge nicht. Dann brauchen Sie Talent, Fleiß, eine originelle Idee, eine passende Form und einen fähigen Lektor.

Fragen
Stellen Sie sich auch so viele Fragen? Fragen wie: War Shakespeare eigentlich eine Frau oder mehrere Männer? Hätte Philip Roth den Nobelpreis irgendwann doch noch bekommen? Wird Sebastian Fitzek demnächst von einem Fließbandautor mit künstlicher Intelligenz verdrängt? Und wie geht es eigentlich der Sekte von Paulo Coelho? Sind Bücherriecher Fetischisten? Ab wann ist ein Buch nicht mehr wohlbeleibt, sondern adipös? Wird ein langweiliger Roman spannender, wenn man ihn von hinten nach vorne liest? Oder nur jede zweite Seite? Ist der Literaturunterricht eine Lesespaßbremse? Will der Autor uns sagen, was sein Text uns sagt? Und wieso ist er bloß so genervt von der Frage, woher er seine Ideen nimmt? Ist literarisches Schreiben nur Lügen mit ästhetischen Mitteln? Oder sind das Gute, das Schöne und das Wahre auch in der Literatur identisch? Soll ein Buch uns den Spiegel vorhalten oder wegnehmen? Soll es die kafkasche „Axt für das gefrorene Meer in uns“ oder ein Pflaster für die geschundene Seele sein? Uns in die Welt hinausschleudern oder aus ihr herausreißen? Kann Literatur die Welt

verändern? Soll sie belehren, bewegen oder bespaßen? Und wie hoch ist der Anteil von voyeuristischen Klatschpresselesern bei Schlüsselromankäufern? Was unterscheidet ein literaturkritisches Werturteil von einem persönlichen Geschmacksurteil? Wieso werden im Feuilleton vor allem Bücher für Kritikerkollegen und andere Kenner besprochen? Liest überhaupt noch jemand diese Rezensionen? Muss ein Literaturvermittler diskret und selbstlos sein? Oder darf er auch mal mit dem *Faust* auf den Tisch hauen? Schwimmen im luxemburgischen Literaturbecken nur Haifische mit faulen Zähnen? Bereiten einflussreiche Buchblogger weniger einflussreichen Berufskritikern Albträume? Noch Fragen?

Die Leiden des (nicht mehr ganz so) jungen Kritikers

Ich leide unter chronischer Kritikeritis. Klingt komisch, ist aber so. Ein schlimmes Gebrechen, sage ich Ihnen, besonders im Spätherbst! Gegen die saisonale Grippe gibt es bekanntlich eine Impfung, aber gegen die Welle an mediokren Neuerscheinungen bin ich als Kritiker machtlos. Kein Buch ist auch keine Lösung. Ich muss die Beschwerden wohl oder übel ertragen: die Nackenverspannung nach dem Kopfschütteln, den Blähbauch von der heißen Luft eines Seitengassenromans, die Lähmung in den Fingerspitzen, die keine weitere Seite mehr wenden wollen. Sie ahnen, woran professionelle Seitensezierer zuweilen am meisten leiden: am Lesen. Vorbei sind die glücklichen vortheoretischen Lesezeiten der Jugend, als ich noch mit Genuss im Buchstabenmeer versinken oder mich im Bücherweitwurf üben durfte. Als unfreier Literaturkritiker mit überzüchtetem Geschmack kann ich nicht mehr über Pannen und Patzer hinweglesen. Abbrechen geht gar nicht. Nur Klappentextabschreiber lesen die Bücher nicht zu Ende, die sie besprechen sollen. Womit wir bei der zweiten Leidensursache angelangt wären: dem Schreiben. Was muss ich nicht alles tun! Analysieren, beschreiben, erzählen, kontextualisieren, symptomatisieren, pointieren und, natürlich, werten. Und die Kriterien? Genauigkeit der Sprache, Glaubwürdigkeit der Figuren, Kongruenz von Form und Inhalt, Dichte, Komplexität, Originalität, Dringlichkeit – das alles ist wichtig. Aber gute Bücher zeichnen sich für mich vor allem dadurch aus, dass sie etwas in mir anstoßen, dass sie mich verunsichern und verwandeln. Wie heißt es bei Rilke: „Doch seine Züge, die geordnet waren, blieben für immer umgestellt.“ Wenn ich zu einem Werturteil gekommen bin, folgt der schweißtreibendste Arbeitsschritt: die überzeugende Begründung in einer möglichst geistreichen und unterhaltsamen Rezension. Ich will die Leser schließlich nicht nur informieren und orientieren, sondern auch Einfluss auf ihre Kaufentscheidungen nehmen. Allerdings – und das ist Leidensursache Nummer drei – haben die Besprechungen im Feuilleton meist den Wirkungsgrad einer Glühlampe. Da müht man sich als Kritiker ab und am Ende des Tages zählen Mundpropaganda,

Amazon-Ratings und Bestsellerlisten. Es ist zum Seitenausreißen! Aber natürlich werde ich weiterhin lesen, schreiben und wirken lassen. So gut es geht. Ist halt chronisch.

Mordsspaß

Er war schon als Kind mit TKKG auf Verbrecherjagd. Er will Mordsspaß beim Lesen. Er braucht den Tod wie's täglich Brot. Er mag seine Bücher wie ein Feinschmecker sein Steak. Er verschlingt die Ware von Fleischermeister Adler-Olsen am Stück. Er speist auch gerne mal regional. Er macht regelmäßig Urlaub in Skandinavien. Er überlegt kurz, seinen Sohn Stieg zu nennen, entscheidet sich dann aber doch für Sebastian. Er schaltet jeden Sonntag nach der Tagesschau den Fernseher ein. Er findet: Slash ist nicht gleich Trash. Er liebt Buchtitel wie *Der Tod hat eine Anhängerkupplung*, *Vatermord und andere Familienvergnügen* oder *Luxemburger Leichen*. Er schreibt in Online-Foren unter dem Nicknamen h_poirot. Er lacht bei Witzen wie diesem: Gehen zwei Auftragsmörder bei Nacht in den Wald. Sagt der eine: Das ist aber ganz schön unheimlich hier. Darauf der andere: Ja, was soll ich denn sagen, ich muss nachher noch allein zurück! Er hält im Unterholz Ausschau nach menschlichen Überresten. Er kennt die üblichen Verdächtigen. Er meidet Gärtner und Butler. Er traut niemandem, am wenigsten dem Erzähler. Er durchschaut Schema F sofort. Er würde gerne in Baker Street 221B wohnen. Er trägt an Fasching seinen Havelock und die Deerstalker-Mütze. Er fantasiert seine Schwiegermutter, den Chef oder die Nachbarskatze in kurzlebige Romanfiguren hinein. Er weiß: Der Klügere lädt nach. Er schätzt es, wenn bei einem Cliffhanger wirklich jemand an einer Klippe hängt. Er geht ohne Mimi nicht ins Bett. Er liebt Handschellen. Er ist stolz auf seinen leeren Strafregisterauszug. Er ist ein Rettungsring für den Buchhandel. Er ist vielleicht eine Sie. Er könnte Sie sein!

Funfact-Fundgrube

1. Ein Buch, das weniger als 49 Seiten umfasst, ist streng genommen kein Buch, sondern eine Broschüre.

2. Kein Buch ist kleiner als 2,4 x 2,9 Millimeter, keines ist größer als 9,14 x 7,31 Meter.

3. Das schwerste Buch der Welt hat das Gewicht eines Viererbobs (210 kg), das teuerste kostet in etwa so viel wie 23 Bugatti Veyrons oder drei Inseln in der Karibik.

4. Nigel Tomms Romanwitz *The Blah Story* besteht aus über elf Millionen Wörtern in 23 Bänden und enthält das längste Gedicht, das längste Drama, den längsten Satz, das längste Wort, vor allem aber den längsten Dünnschiss der Welt. Ein repräsentativer Satz: „Upon blah up with the blah, blah perceived that it was in the blah of a blah blah of the blah of the blah, but far blah in blah the blah of these blah." Viel Blabla um nichts, wenn Sie mich fragen.

5. Über 2.000 Bücher stehen, liegen und stapeln sich in meiner Privatbibliothek. Ein beachtliches Quantum Lesestoff? Pustekuchen! Der Amerikaner John Q. Benham hat 750-mal mehr. Ich weiß nicht, ob ich mit ihm

tauschen möchte. Seine Bude ist proppenvoll, in die Garage passt nicht einmal ein Tretroller.

6. Was konnten Sie eigentlich mit vier Jahren? Mit Messer und Gabel essen? Eine halbe Minute lang auf einem Bein stehen? Mit acht Wörtern ganze Sätze bilden? Dorothy Elmhirst Straight hat in diesem Alter ihr erstes Buch geschrieben: *How the World Began*, erschienen 1964 bei Pantheon Books.

7. Dass Harry Potter ein Phänomen ist, weiß jedes Kind. Aber wussten Sie auch, dass der siebte und letzte Band das am schnellsten verkaufte Buch aller Zeiten ist? Allein am Erscheinungstag gingen 8,3 Millionen Exemplare von *The Deathly Hallows* über die Ladentheken, durchschnittlich 345.833 Bücher pro Stunde. Der Roman machte J.K. Rowling innerhalb eines Jahres um 150 Millionen Pfund reicher. Bei den landesüblichen Verkaufszahlen müsste ein Luxemburger Autor dafür etwa 28.000 Bücher schreiben. Das ist, beim besten Willen, in einer Lebensspanne nicht zu schaffen …

Verlegt, verworfen, verloren

1.

Mir fallen auf Anhieb ein paar Bücher ein, denen ich keine Träne nachgeweint hätte, wenn der Verlag sie versehentlich in den Orkus statt an die Buchhandlungen geschickt hätte. Den Schmachtfetzen *Wie die Luft zum Atmen* von Brittainy C. Cherry zum Beispiel – ein Buch wie ein Haufen Cocktailkirschen: künstlich, klebrig, überzuckert. Man kann von Glück reden, wenn einem davon nicht schlecht wird. Oder so was wie Romy Braun-Bausterts *Im Sog der Diamanten*, ein Historienschinken aus einheimischer Produktion, mit unfreiwillig komischen Passagen wie dieser hier: „Und während Peggy sich vor dem kleinen Toilettenspiegel Wasser ins Gesicht spritzte, betrachtete sie sich selbst und musste zugeben, dass sie allen Vorurteilen perfekt entsprach: Eine dicke Hornbrille – leider blieb ihr bei ihrer Sehschwäche nur dieses Modell übrig –, dazu graue Haut […].“ Es ist schon beeindruckend, zu welcher Selbsterkenntnis die bebrillte Protagonistin fähig ist, während (!) sie sich Wasser ins Gesicht spritzt. Allein in Deutschland werden jedes Jahr an die

90.000 Bücher verlegt. Darunter ist zwangsläufig viel Gutgemeintes. In Luxemburg liegt die Zahl der Neuerscheinungen vielleicht bei 150, der Markt ist halt ein paar Nummern kleiner. Das Verhältnis von schlechten und guten Büchern dürfte aber in etwa gleich sein. Dabei sollte man nicht vergessen, dass die Mehrzahl der Buchprojekte hüben wie drüben gar nicht erst verwirklicht wird. Diese Texte landen entweder im Schredder des eigenen Anspruchs oder in der Papiertonne der Verlagshäuser. Ein, relativ gesehen, großer luxemburgischer Publikumsverlag erhält mindestens 50 Manuskripte im Jahr, die unaufgeforderten Zusendungen mitgerechnet. Über achtzig Prozent davon werden nicht gemacht. Wer weiß, was uns da erspart geblieben ist! Wer weiß, was uns da entgangen ist! Mehr noch als die abgelehnten Bücher interessieren mich allerdings die verschlampten, verquarzten oder sonst wie verloren gegangenen Werke bedeutender Schriftsteller.

2.

Wann Bücher verloren gehen? Wenn du umziehst. Erst sind sie im Karton, dann sind sie weg. Ich spreche da aus Erfahrung. Und wenn du die Dinger verleihst. Verleihen ist wie verschenken, nur unabsichtlich. Oder wenn du auf der Bahnhofstoilette schmökerst und dein Zug fährt gerade ein. Beim Thema „Zugreisen und Bücherverlust" muss ich immer an den jungen Hemingway denken, dessen frühe Short Stories auf einer Bahnfahrt gestohlen wurden. Sie sind bis heute vom Winde verweht. Auch die Manuskripte von *Frankenstein*-Autorin Mary Shelley, die ein verpeilter Verleger „verlegt" hat, gelten nach wie vor als verschollen. Für sie ist noch nicht alle Hoffnung verloren, für verbrannte Schriften aber sehr wohl. Verbrannt – bei dem Wort tut sich ein Assoziationsraum des Schreckens auf: Da ist die Bibliothek von Alexandria mit der größten Papyrusrollensammlung der Antike. Unwillkürlich von Caesar abgefackelt oder willkürlich von den Arabern. Wer weiß das schon? So oder so wurde alles vernichtet. Und da sind die barbarischen Bücherverbrennungen in deutschen Universitätsstädten am 10. Mai 1933. Eine Schandtat von ideologisch verblendeten Intellektuellen gegen angeblich „undeutsche" Intellektuelle. Vieles wurde neu aufgelegt, vieles ist unwiederbringlich verloren. Manche Schriftsteller haben Teile ihres Werks sogar selbst vernichtet. Kafka beispielsweise und Thomas Mann. Sie haben Wörter, die wir nie werden lesen können, in den Flammen tanzen lassen. Eine skurrile Anekdote erzählt Wayne Wang in seinem Film *Smoke* von 1995. Michail Bachtin, der russische Literaturtheoretiker, soll sich das einzige Exemplar seiner Studie über den Bildungsroman auf die Lunge gezogen haben. Er hat das Manuskript, an dem er ein Jahrzehnt lang gearbeitet hat, einfach weggeraucht. Während der Belagerung Leningrads durch die Nazis im Jahr 1941 hatte er sich in einer Klause verbarrikadiert. Er war ein Süchtiger mit Tabak, aber ohne Zigarettenpapier. Also benutzte er sein Buch. Und so blieb am Ende nur Schall und Rauch.

Mal ganz woanders

Aix-en-Provence
Wir schlendern gerade über einen der örtlichen Märkte, als der Nieselregen sich in einen Sturzregen verwandelt. Der Himmel ist dicht bewölkt, die Aufforderung „Découvrez Aix !“, die ich meinem Reiseführer entnehme, gewinnt eine neue Bedeutung. Zufluchtsort Brasserie (Le Grillon). Beim dritten Definitionsversuch gelingt es mir, einen Kaffee im deutschen Maßstab zu bestellen.

Paris, Café de Flore
Merkwürdiges Gefühl, inmitten so vieler Menschen zu sitzen, die sich unheimlich wichtig wähnen, bloß weil sie im Stammcafé von Jean-Paul Sartre ein überteuertes Bohnengetränk schlürfen. Der Geist des Philosophen bleibt einstweilen im mutmaßlich kommerzfreien Jenseits. Natürlich gibt es im Kaffeehaus auch Unbedarfte. Aufs Touristendasein geeicht, schöpfen sie keinen Verdacht gegen diesen bedeutungsscheinschwangeren Ort. Während neben uns eine vornehme Greisin und ihre redselige

Gefährtin synchron in ihren Tassen rühren, blicke ich in die Augen meiner Frau und erinnere mich, warum jeder noch so pathetische Ort, an dem ich mit ihr weile, schön ist.

Thanatos über der Provence

Über der Provence ein flammenwerfender Feuerball, der jene Kindermalereien verlacht, auf denen er als gütiger, freundlich lächelnder Sympathisant des Lebens dargestellt wird. Hat dieser schamlose Spottstern doch tatsächlich die engmaschigen Hitzenetze nach mir ausgeworfen und seine tiefrote Signatur in die wehrlose Kopfhaut gebrannt. Am Ende, wenn er Abschied nehmen wird, werden auch wir gehen müssen, wird es uns ergehen wie den ehedem strahlenden Sonnenblumen, die sich erst in tiefer Dankbarkeit dem lichtspendenden Himmelskörper entgegenreckten, sich dann gravitätisch tief verneigten, um schließlich auf dem Friedhof, der einst ihr Feld gewesen war, einzuknicken und zugrunde zu gehen.

Carmes
Provence. Frühmorgendliche Stille. Ein Bild kitschelt aus meiner Feder. Die Landschaft, an sich selbst berauscht, liegt noch in Essig und Öl, indes die Sonne ihren Angriff vorbereitet.

Flittern in Andalusien

Granada. Zunächst einen Exportschlager aus China gekauft (Billighut), zur Verhütung eines Sonnenstichs (Billigwortspiel). Auch nach drei Stunden per pedes bei Ü40 auf dem Thermometer kein Zwicken in der Wade. Das angerissene Kreuzband hält, die Frisur sowieso. Weil etwas mehr Tortur anscheinend noch geht, besuchen wir eine Ausstellung zur Inquisition in einem kleinen Museum irgendwo in einer kleinen Nebenstraße. Die gezeigten Folterinstrumente erinnern mich daran, dass die menschliche Grausamkeit, anders als die wettermäßige, zeitlos ist.

Stonnelaange Marsch, ënnert anerem duerch den arabeschen Deel vu Granada mat senge ville klenge Gaassen. De China-Hutt an e groe Potti schützen eis Käpp. D'Plaza de San Nicolás fanne mer grad rechtzäiteg, fir datt e puer Toastbroutschnittercher mat Mozzarella an engem klenge Restaurant d'Misses Hyde a meng Fra zeréckverwandele kënnen. Zwee Sänger, déi virun der Dier op Spuenesch soueren a jäizen, stéieren net weider. De spendabele Serveur, dee wéi déi meescht Spuenier hei just Spuenesch schwätzt, offréiert mir en zweete Staarkbéier, dee mech un d'Keimen an d'Schweesse bréngt. Nodeems mir heemgefloss sinn an eng kleng Sieste gehalen hunn, iesse mir fréi zu Owend, well mir nach d'Alhambra, den touristesche *Must-see*, entdecke wëllen. Mir verstännegen eis op e Code-Wuert fir de Fall, datt d'Angscht virun engem Terror-Uschlag ze grouss gëtt. Well bei der Entrée ausser dem Ticket näischt kontrolléiert gëtt, mol net bei deem suspekte Borscht mat der Stoffemutz, gefält eis den Noutfallplang ëmmer besser. Ëmsetze musse mir en net. (Merci, Allah.)

Auf der Terrasse eines Cafés in Cordoba hören wir, ein paar Tage später, einem mittelmäßigen Gitarrenspieler dabei zu, wie er *What a Wonderful World* auf seiner Klampfe zupft. Währenddessen geht eine Romni an uns vorbei, auf dem Arm ein vielleicht dreijähriges Kind. Ich stelle mir vor, wie es, eingewickelt im fremden Klangteppich, seiner Mutter ein argloses „Was ist das?" ins Ohr flüstert, woraufhin diese, die hässliche Fratze der Ironie vor Augen, ebenso leise, wenngleich mehr zu sich selbst als zu ihrer Tochter, sagt: „Eine Lüge."

Korsika

Samstag. Sitze nach langer Irrfahrt in Lucciana vor dem kleinen rustikalen Hotel Les Jardins de la Madrague und genieße ein süffiges lokales Weißbier, Marke Pietra Bionda. Auf dem Rasen neben meiner Notunterkunft steht ein Helikopter, Frösche und Hunde lärmen um die Wette, in der Ferne trällert jemand mutmaßlich korsische Volkslieder. Zeit, schlafen zu gehen.

Sonntag. Bastia, Place du Marché. Beim Mittagessen eine einbeinige Taube gesehen. Ebenso jämmerlich: mein Anblick am Abend, nach fünfstündigem Fußmarsch auf dem Zöllnerweg (*Sentier des Douaniers*). Es ging von Macinaggio über Tamarone am Genueserturm Santa Maria vorbei, an den Felsklippen von Capandula entlang, über einen Kammrücken hinab zur Tour d'Agnello, dann weiter bis Barcaggio. Malerische Landschaft, die Nachbarinseln Capraia und Elba ließen sich am Horizont erahnen. Die Zollgrenzen wurden von Salamandern und Kühen am Strand bewacht, eine ganze Heerschar von Medusen hatte den Dienst quittiert und lag angeschwemmt am Meeresrand. Keine Badegelegenheit, nirgends. Als Grenzgänger mit akutem Ausscheidungsbedarf musste man zudem mit einem von Buschwerk beschatteten Plätzchen vorliebnehmen – oder schlicht die Pobacken zusammenkneifen.

Dienstag und Mittwoch: auch zwei Tage.

Donnerstag. Nächtens scheint Macinaggio toter als tot. Das erweist sich dann als besonders ärgerlich, wenn man sich selbst ausgesperrt hat und das Hotelpersonal nicht nachtaktiv ist. Eine kleine Gruppe hilfsbereiter ortsansässiger Jugendlicher, die sich gerade in der einzigen noch geöffneten Kneipe am Hafen heiter trinken, leistet mir bis zum ersten Sonnenstrahl des neuen Tages Gesellschaft.

Freitag. Abendessen im Freien vor der Klangkulisse einer verstimmten Gitarre und des hypnagogischen Gesangs einer Korsin namens Josephina. Ihr Bruder, der sie begleitet, hält sich ebenfalls für einen Sänger.

Abreise am Samstag. Die Maschine, gottlob keine Fokker, hat Verspätung. Auf dem

Rückflug erfahren die Passagiere den Grund: *fuel leak*. Der Versuch des Piloten, mit fremdsprachlichen Mitteln die Tatsache zu verklären, dass es sich dabei um einen Schaden am Tank handelt, gelingt ebenso wenig, wie die eher notdürftige Reparatur meine Flugangst auf ein erträgliches Maß zu reduzieren vermag.

Bahnfahrt durch Ö

Die Deutsche Bahn ist sichtlich bemüht, alle Vorurteile zu Urteilen werden zu lassen: zweistündige Verspätung, platzsparende 50cm-Liegen im Nachtzug, wasserfreie Klos, großäugiges Personal, schließlich unplanmäßiges Warten auf einen Anschlusszug in Linz. Entdecke meine halbdeutsche Nörgelader wieder. Später, im Interregio, erfahre ich durch die Lektüre des *Standard*, dass Depression auch in der Alpenrepublik zur Volkskrankheit geworden ist. Außerdem soll die Suizidrate in Österreich zu den höchsten weltweit gehören. Vier Freitodbegeher am Tag! Noch fährt der Zug. Am Abend wandele ich endlich auf den Spuren von Johannes Kepler, Johann Nepomuk Nestroy, Franz Ferdinand, Erwin Schrödinger, Joseph Schumpeter und, *last and least*, Arnold Schwarzenegger.

Metz
Tagesausflug nach Metz, Verlaines Geburtsstadt. Seit dem letzten Besuch sind fünf Jahre vergangen. Wolkige Erinnerung an nette Parks und einen kleinen heimeligen Buchladen, irgendwo in einer Seitenstraße. Habe mir damals zur Auffrischung meiner Französischkenntnisse den neuen Roman eines, laut Klappentext, ausgezeichneten Autors gekauft. Bin bis zum zweiten Kapitel gekommen. Der Name des ausgezeichneten Autors ist mir entfallen.

Heute also Rückkehr in die neununddreißigstsehenswerteste Stadt der Welt. Gleich zur Place Saint-Jacques. Mittagessen auf der Terrasse des Diet & Delicious. Der Name bewahrheitet sich zur Hälfte. Hier werden Teller serviert. Die darauf befindlichen Salatblätter könnte ein Vorschulkind zählen. Dann Tourismusprogramm: Spaziergang entlang des „Schwanensees", Besichtigung der Kathedrale und des Centre Pompidou-Metz, wo Wandzeichnungen des Amerikaners Sol LeWitt gezeigt werden. Puristische Arbeiten mit geometrischen Grundformen. Vor der Heimreise bestaune ich noch die Gartenkunst von Alain Bresson. Nachbildung der Fauna mit Mitteln der Flora.

Cadzand

Kurzurlaub in den Niederlanden. Bitter nötig. Der Zufall will es, dass wir in derselben Ferienwohnung in Cadzand übernachten, in der Georges Hausemer bereits zwei Jahre zuvor weilte und vermutlich seine Jagd auf Haifischzähne vorbereitete. Dem Vernehmen nach spült die Nordsee noch heute das urzeitliche „Schwarze Gold“ an die Sandstrände. Hausemer hat sein detektivisches Unternehmen in dem hübsch eingerahmten Reisebericht dokumentiert, der die hiesige Wohnzimmerwand ziert. Den Tankstellenstorch, den der Autor in seinem Artikel erwähnt, haben wir übrigens ganz woanders gesichtet. Das arme Tier hat sich wohl verflogen.

Berlin anno 2017

Wer sagen kann: „Ich bin ein Berliner", wird's wohl wissen: Berlin ist die einwohnerreichste (3,5 Millionen) und flächengrößte (knapp 892 km^2) Stadt Deutschlands. Hier gibt es mehr Brücken als in Venedig (966), vielleicht sogar mehr Graffitis als in London, auf jeden Fall aber einen längeren Biergarten als in München – er ist nämlich mit über zwei Kilometern der längste der Welt. Aber anscheinend wird hier nicht nur ordentlich gebechert, sondern auch ganz unordentlich gequalmt. Drei Milliarden Kippen sollen täglich auf den Berliner Straßen landen. Wie viele davon werden wohl zu vorgerückter Stunde in Spätis gekauft, von denen es rund tausend gibt? Berliner futtern jährlich 70 Millionen Currywürste und produzieren im gleichen Zeitraum 20.000 Tonnen Partymüll. Außerdem hat die Stadt den artenreichsten Zoo der Welt – was jetzt gar nichts mit den Currywürsten und dem Partymüll zu tun hat. Die größte Knacki-Gruppe besteht übrigens, *surprise, surprise*, aus Schwarzfahrern. Die Fahrkarte haben die Berliner nicht erfunden, dafür aber andere fantastische Dinge wie die Toilettendruckspülung, das nahtlose Kondom und die schönste Verballhornung des Deutschen: das Berlinerische. Ob er nun auf Berlinerisch oder Hochdeutsch singt, der Straßenmusiker hat's in Berlin nicht leicht. Nach einer knappen Viertelstunde in der Fußgängerzone muss er die Klampfe wieder einpacken. Unter den 585 Millionären, die in der Hauptstadt wohnen, gibt es wahrscheinlich nicht sehr viele Straßenmusikanten. Aber vielleicht verdient sich ja der Inhaber des einzigen veganen Sexshops des Landes eine goldene Nase? Was es sonst noch über die Einwohner zu wissen gibt: Nur jeder vierte ist ein gebürtiger Berliner, täglich ziehen 435 Menschen in die Stadt und 327 wieder weg, die halbe Million Ausländer kommen aus 185 Nationen. Ach ja, und falls Sie jemanden heiraten wollen: Etwa die Hälfte der Berliner ist ledig.

Autobahn-Tetris
Auf der Rückfahrt von Carmes nach Mersch verwandelt die französische Autobahn sich in ein Tetris-Feld. Leider hat das Spiel einen Bug: Die Blechkarossen vor uns schieben sich zwar ineinander, aber lösen sich nicht auf, bleiben einfach stehen, blockieren den Fahrweg. Wo befindet sich nur die verdammte *Reset-Taste*?

Aufzeichnungen

ENDE

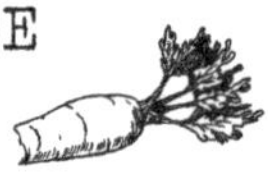